LA MORT AUX RATS

OU

L'APOLOGIE DE GRIGOUILLE,

Petit poëme héroï-comice-satirique,

En deux chants,

PAR UN OISEAU DE PASSAGE.

PRIX :

Nantes

Imprimerie de Charles Gailmard, rue du Bac-Périlleux, 10.

1849.

LA MORT AUX RATS

ou

L'APOLOGIE DE GRIGOUILLE,

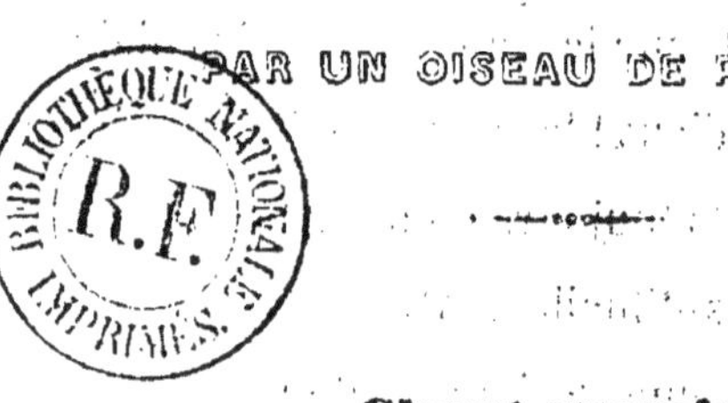

PAR UN OISEAU DE PASSAGE.

Chant premier.

Je ne viens pas ici, pour que chacun me berne,
Vous parler savamment de la cire à giberne,
Vous vanter l'onguent gris, le bon fromage bleu,
La graine d'épinard, et vous faire, morbleu !
L'éloge du savon pour enlever les taches,
Du cosmétique noir pour teindre les moustaches.
Je ne viens pas ici. — Sapristie ! halte là !
De quoi donc s'agit-il ? — Eh bien ! nous y voilà.
Vous connaissez les rats, dont parle Lafontaine ?
L'un habite les champs et court la prétentaine ;
Un autre vient et va de la cave au grenier,
Furete dans l'armoire, entre dans le panier,
Tombe enfin sur sa proie, et de sa dent cruelle
Dévore un pan d'habit, le lard ou la chandelle,
Pour s'en débarrasser, chacun nourrit un chat,
Et voudrait d'arsenic pouvoir faire un achat ;

Mais le chat, que Dieu fit plus gourmand que vorace,

Pouvait-il des rongeurs exterminer la race ?

Des colonnes d'Hercule au tombeau de Memnon

Personne ne dit oui, tout le monde dit non.

On en trouvait partout, sur les monts, dans les plaines;

Et les mers, ô grands dieux! les mers en étaient pleines !!!

Si pleines que leurs flots toujours en mouvement

Se remuaient alors très-difficilement.

Et tandis que la mer, immense, intarissable,

Les jetait sur ses bords comme des grains de sable,

Des géants vaporeux, qui dans les airs rampaient,

Dans le sein de la mer par milliers les pompaient,

Les emportaient au loin dans les champs de l'espace,

Où jamais, non jamais! l'on ne trouve d'impasse,

Et puis les tamisant en faisant leur chemin,

Ils les faisaient pleuvoir sur tout le genre humain !

Quand ils eurent ainsi, pendant plusieurs journées,

Tombé, par bataillons, descendu par fournées,

Le sol, que le printemps couvre d'un tapis vert,

Du pôle à l'équateur en était recouvert,

Et comme un jonc qui plie et qui jamais ne casse,

La terre sur leur poids vit plier sa carcasse !!!

Ce tableau dut frapper l'imagination

Et jeter dans l'esprit la consternation ;

Ils étaient si nombreux qu'un écrivain notoire,

Usa ses jours, son encre et tout son écritoire,

Un rouleau de papier qui pesait un quintal,

Sans avoir pu jamais arriver au total !

Il ne faut pas, lecteur, que cela vos étonne,

Car il en avait plu pendant trois mois d'automne,

Et pour les bien compter vainement on le fit !

Un océan tout plein d'encre n'eût pas suffi !!!

Ah ! si de tous ces rats on eût fait une corde,

Cette corde aurait pu, quoi donc ? miséricorde !

Elle aurait pu, du ciel, mesurer la grandeur !

Sonder de l'océan l'immense profondeur !

Amarrer les vaisseaux, les navires à voiles,

La lune, le soleil et toutes les étoiles !!!

Sérieusement parlant, je n'exagère pas

En disant que chacun pouvait à chaque pas

En écraser combien ? Non pas une quinzaine,

Ni douze, mais au moins une demi-douzaine !

Aussi qu'arriva-t-il ? Les champs et les cités

Furent bientôt par eux détruits et dévastés.

Le suif et le saindoux, la pommade, la graisse,

Le beurre rance ou frais, le savon qui dégraisse

Passaient...., on ne sait où ! Le pauvre charcutier

Voyait ses lards suant disparaître en entier,

Et Dieu seul peut savoir les pertes, les dommages

Qu'ils firent éprouver au marchand de fromages !

Qui donc, si ce n'est Dieu, pourrait dire le mal

Que fit au genre humain ce petit animal ?

Quand tout fut consommé, notre planète entière
N'était, le croira-t-on ? qu'une immense ratière
Où les rats étonnés, où les hommes surpris
Se prenaient tour à tour, tour à tour étaient pris !
Les hommes des cités, suivis de leur compagne,
Allaient porter secours à ceux de la campagne,
Comme les rats des champs, par réciprocité,
Allaient porter secours à ceux de la cité.
L'on vit même, dit-on, les furets, les marmottes,
Sortir par régiments de par-dessous les mottes,
Courir du Nord au Sud, de l'Est à l'Occident,
Et prêter aux souris le concours de leur dent,
C'est-à-dire qu'alors, en proie à la famine,
Ayant tout dévoré, tout jusqu'à la vermine,
Les hommes et les rats, dans un combat affreux,
Par un juste retour, se dévoraient entre eux !
Pourtant ce ne fut pas par l'astuce et la ruse,
Par l'acide prussique et le blanc de ceruse
Que l'homme combattait, au péril de ses jours,
Contre des agresseurs qui pullulaient toujours.
Dans ce combat loyal, je le dis, foi de barde,
Ce fut à coups de faulx, de dard, de hallebarde,
De pique, de stylet et de couteaux-poignard
Que le jeune conscrit comme le vieux grognard,
Que la jeune maîtresse et la vieille servante,
Dans le camp des souris portèrent l'épouvante ;

Aussi leurs bataillons furent bientôt percés
Et leurs débris sanglants sur terre dispersés.
Oui, quand tous les humains sous les armes parurent,
Les rats et les souris sous terre disparurent,
Et les plus courageux, qui ne s'enfuirent pas
Ou ne purent s'enfuir, reçurent le trépas!
L'on verra néanmoins, à la onzième page,
Qu'il aurait mieux valu, sans faire du tapage,
Pour les exterminer et les prendre à foison,
Au lieu de l'arme blanche, employer le poison.

Fin du premier chant.

Chant deuxième.

O toi qui m'entretiens, qui m'inspire et m'amuse,
Et m'élève parfois, soutiens mon vol, ô muse !
Laissons le ton léger et le style badin
Au talent goguenard, à l'esprit baladin,
Et sans viser bien haut, ni faire ici de strophes,
Parlons sérieusement des grandes catastrophes.
Lorsque le rat vivant sous terre eut disparu,
Et le rat trépassé devant Dieu comparu,
Des rats et des souris l'on chanta la défaite;
Mais quelque temps après que la trêve fut faite
Notre globe, miné par ces rongeurs épars,
Trembla de tous côtés, craqua de toutes parts !
Les îles, leur volcan à la bouche fumante
S'enfonçaient et roulaient dans la mer écumante.
Sur le dos des rochers, sur les flancs des coteaux,
Dégringolaient les forts et tous les vieux châteaux,
Moins belles toutefois que celle de Grenade,
Les plaines s'entr'ouvraient ainsi qu'une grenade.

Les cloches, les bourdons incessamment branlaient,

Et sur leur fondement tous les monts s'ébranlaient !

Ces symptômes affreux et de mauvais augure

Répandirent l'effroi sur plus d'une figure ;

Alors, pour conjurer le péril imminent

Qui menaçait les mers et tout le continent,

Tous les hommes drapés d'une étoffe grossière,

A genoux et le front courbé dans la poussière,

Avec dévotion leurs prières faisaient,

Se frappaient la poitrine et la terre baisaient ;

Mais Dieu n'écouta point leur prière fervente,

Un tremblement de terre augmenta l'épouvante.

Le péril grandissait, la panique s'accrut,

Le pauvre genre humain au dernier jour se crut,

Crut que la terre allait pousser son dernier râle,

Et la destruction devenir générale ;

Et ne voulant pas voir ce spectacle émouvant,

Il allait, juste ciel ! s'enterrer tout vivant,

Lorsqu'un homme de bien, un savant astrologue,

Parodiant l'auteur du fameux décalogue,

Parut sur le mont Blanc, vêtu d'un manteau noir,

Sur sa tête posait, en forme d'éteignoir,

Un bonnet revêtu de symboles de guerre,

De signes menaçants, incompris du vulgaire

L'esprit de prophétie avait été fourré

Sous son crâne luisant et son front labouré.

Son regard était fier, sa prunelle était celle
Qui jette par moments une vive étincelle ;
Son nez violacé, qui prisait tout le jour,
D'une once de tabac était le noir séjour.
Une ligne plus bas l'on voyait la roupie
Qui dans une forêt de poils s'était tapie.
Sous sa vieille mâchoire, hélas ! rien ne craquait,
Car de ses longues dents le vis-à-vis manquait ;
L'une était cariée et l'autre recouverte
D'une teinte jaunâtre et d'une couleur verte.
Sa belle barbe grise avait à la rigueur
Au moins un pied de large et quatre de longueur.
Son visage était creux, ovale, austère, aride,
Bronzé par le soleil, sillonné par la ride.
Cet homme, ainsi bâti, morne, silencieux,
Ayant ses yeux braqués sur la voûte des cieux,
Et voyant clairement à travers sa lunette
Tout ce qui se passait au sein de sa planète,
Ouvrit enfin la bouche, et dans un porte-voix
Fit passer de Stentor la formidable voix.
« J'ai, dit-il aux humains, pu lire dans les astres
La cause de nos maux et de tous nos désastres
Si la terre s'agite et tombe du haut mal
Et sort chaque matin de son état normal,
Si du matin au soir toutes les cloches branlent
Si sur leur fondement les montagnes s'ébranlent,

C'est parce que les rats, naguère encore foulés,

Dans le sein de la terre ont été refoulés ;

Et je dois l'avouer, si la terre succombe,

L'espace deviendra l'immense catacombe,

Où l'univers entier trouvera son tombeau !

Car enfin l'univers si brillant et si beau,

Qui flotte incessamment dans un espace libre,

Sur ses membres épars se tient en équilibre ;

Et si par accident l'un d'eux était cassé,

L'équilibre rompu, tout serait fracassé !

Oui, malheureusement si la terre s'éboule,

Tous les astres, choqués par cette énorme boule,

Ne pourront plus, hélas ! rouler, suivre leur cours,

Perdront leur équilibre, et privés de secours

Sur les autres iront tomber comme des quilles

Ou comme des vieillards privés de leurs béquilles !

Que faire dans ce cas pour sauver l'univers ?

Détruire les souris et tous les rats divers,

Mais comment battrons-nous cette race fatale ?

Sera-ce par le fer, par la force brutale ?

Non ! car la terre a trop de trous, de cavités,

De conduits souterrains et de concavités,

De labyrinhtes noirs, de ténébreux dédales,

De tombeaux recouverts de spacieuses dalles ;

Et l'on ne pourrait pas, les armes à la main,

Dans ces sombres réduits se frayer un chemin.

Il faut donc que je parte et que je me décide
A jeter sur le sol ma poudre raticide.

Couvrant ce que le globe a de superficiel
Et dissoute par l'eau qui tombera du ciel,

Elle fera passer son poison délétère
De la circonférence au centre de la terre,

Et soudain les vieux rats, comme les nouveau-nés,
Atteints par le poison, seront exterminés !

Ce raisonnement clair me paraît péremptoire,
Je suis intimement certain de la victoire ;

Et chacun comme moi peut être convaincu
Que le dernier des rats sera bientôt vaincu,

Si l'orage qui gronde et les vents qui tempêtent,
Si les nuages noirs qui crèvent et qui pètent,

Ne viennent aujourd'hui mettre l'air en émoi,
Fondre sur mon ballon et s'emparer de moi !

Prions donc le Seigneur qu'un beau temps me seconde ;
Nous n'avons pas, je crois, à perdre une seconde.

Je vais faire gonfler mon ballon spacieux,
Monter dans sa nacelle et partir pour les cieux ! »

Il dit, prend son essor, dans l'espace s'élance,
S'élève dans les airs, et rompant son silence,

Saupoudre notre globe en proférant ces cris :
« Guerre à mort à tous rats ! guerre à mort aux souris ! »

Cet arrêt fulminant, jeté dans l'atmosphère,
Fut porté par l'écho sur toute notre sphère.

Chacun, en l'entendant, revint de sa stupeur,

Bannit de son esprit un fantôme de peur,

Et sortant de la tombe, au gré de son envie,

Vint de nouveau s'asseoir au banquet de la vie.

Des noces, des festins se firent ce jour-là,

Ce fut un jour de fête, un jour de grand gala ;

L'on but à la santé du bon papa Grigouille ;

Mais, hélas ! Grigouille eut le sort de la grenouille !

Ce héros sans pareil, après avoir été

Ballotté dans l'espace et dans l'immensité,

Après avoir semé sa poudre en Amérique,

En Asie, en Europe et dans toute l'Afrique,

Il quitta les confins du céleste séjour

Pour revoir le pays qui lui donna le jour ;

Pendant qu'il traversait la céleste campagne,

Il rêvait et faisait des châteaux en Espagne,

Lorsqu'une immense trombe en route le surprend.

Il s'éveille, et soudain le vertige le prend,

Il voit son gros ballon faire la pirouette

Et la terre tourner comme une girouette.

Et tout abasourdi par un bruit aérien,

Par un sabat auquel il ne comprenait rien,

Vainement il voulut, déployant son courage,

Lutter contre le vent, tenir tête à l'orage,

Faire pour se sauver le plus sublime effort ;

Il était entraîné par un courant si fort,

Qu'en une heure de temps il put voir Barcelone,

Les débris de Palmyre et ceux de Babylone,

Rome, l'Escurial, Paris, Saint-Pétersbourg,

Le dôme de Milan, le clocher de Strasbourg,

Tomber sur le sommet de l'antique Tourmagne, (1)

Et là faire une mort digne de Charlemagne!

Quand la triste nouvelle au loin se répandit,

Le soleil radieux sa course suspendit,

Les étoiles soudain se voilèrent la face,

La terre prit le deuil sur toute sa surface,

Personne n'entendait le moindre chant joyeux,

Et des pleurs abondants coulaient de tous les yeux!

C'est que la perte était grande, considérable,

Mais elle ne fut pas pourtant irréparable;

Car avant de me faire un éternel adieu,

Avant d'avoir rendu son âme honnête à Dieu,

Cet homme, dans un but louable, humanitaire,

Me légua son secret dont il faisait mystère,

Oui, l'homme que j'aimais, descendant chez Pluton,

Me légua son secret, sa boîte, son bâton,

Un chien borgne et boiteux, une vieille chemise

Qui, sans quitter son corps, pendant un an fut mise

Un gilet de flanelle, un mauvais pantalon,

Deux gros souliers ferrés de la pointe au talon,

Son manteau noir râpé, très-ample, très-commode

____

(1) Antiquité romaine à Nîmes.

Parsemé de corps gras, un peu passé de mode;

Et puis son long bonnet pointu, de carton peint,

Que ma plume de fer en passant a dépeint.

L'on voit par ces détails quel fut mon héritage :

Grigouille ne put pas en laisser davantage.

Faut-il vous dire tout ? cet homme, ô sort fatal!

Vit son fils bien-aimé mourir à l'hôpital.

Cet homme qui sauva la terrestre vallée

N'a pas pour reposer l'ombre d'un mausolée;

Cet homme dont le nom est partout répandu

Parmi les roturiers se trouve confondu ;

Ne pouvant résister au moindre vent qui passe,

Sa cendre vient et va dans les champs de l'espace,

Et sa carcasse fut vendue oh ! c'est bien mal;

Au fabricant de colle ou de noir animal.

Et dire, que jadis comme au siècle où nous sommes,

Ce misérable sort fut celui des grands hommes!

Plus un homme grandit, mieux il porte sa croix,

Et le plus grand de tous fut Grigouille, je crois;

Car enfin il eût pu, cessant d'être nomade,

Exploiter à Paris l'onctueuse pommade,

Pommade au doux parfum, au toucher moelleux,

Extraite d'un vieux porc ou d'un mouton galeux,

Et non d'un beau lion au courage intrépide,

Comme le dit toujours une annonce insipide;

Pommade mise en pots élégamment vernis,

Donnant un beau luisant à de cheveux ternis,

Vendue au prix de l'or à de vieilles coquettes

A de vieux courtisans avides de conquêtes,

Mais qui n'a jamais fait, croyez-en mon aveu,

Sur un crâne vieilli pousser un seul cheveu!

Il eût pu, sans sortir de cette capitale,

Exploiter le cirage et l'encre végétale,

L'élixir pour les yeux, la poudre pour les dents,

Et pour les durillons les emplâtres fondants,

Pétrir, manipuler la pâte pectorale,

Poser l'œil en émail et la dent minérale,

Réparer par l'argent ou bien par le carton

Et la perte d'un nez ou celle d'un menton;

Couper la queue aux chats, tondre les chiens barbiches,

Ramasser les crottins de moutons et de biches,

Les biens enfariner dans le plus pur froment,

Les vendre sur la place au son d'un instrument,

Et faire sa fortune en faisant par sa trappe

Passer tous les nigauds qu'ici-bas l'on attrappe!

Et dès lors, se jetant dans le sein des plaisirs,

Satisfaire ses goûts, contenter ses désirs,

Passer en vrai flaneur six mois à la campagne,

Se rincer le gosier avec du bon champagne,

Parmi les bons morceaux choisir les plus exquis,

Acheter chèrement le titre de marquis,

Étaler son blason sur toutes ses voitures,

Voyager en tout sens, courir les aventures,

Avoir chevaux, laquais, un sérail, de houris,

Et vous abandonner à toutes les souris !

Lui ! vous abandonner à cette race immonde ?

Mais il ne l'eût pas fait pour tous les biens du monde !

Oh ! croyez-en l'aveu d'un homme simple et franc

Qui vend la raticide un misérable franc,

Exterminer les rats, détruire leur empire,

Ce fut toute sa gloire à laquelle j'aspire !